BIBLIOTHÈQUE DU PUGET

CONTES POUR LES ENFANTS

au-dessus de sept ans

LA MAUVAISE HUMEUR

OU

LE TIR A L'OISEAU

DEUXIÈME ÉDITION

PARIS
LIBRAIRIE DE L'ASSOCIATION POUR LA PROPAGATION
ET LA PUBLICATION DES BONS LIVRES
13 — RUE DE SÈZE — 13

BIBLIOTHÈQUE DU PUGET

CONTES

POUR

LES ENFANTS AU DESSUS DE 7 ANS

1218. — Paris, imp. Guiraudet et Jouaust
338, rue Saint-Honoré.

LA
MAUVAISE HUMEUR

OU

LE TIR A L'OISEAU

PAR

Mme Amélie Schoppe, née Weise

TRADUIT LIBREMENT DE L'ALLEMAND

PAR

Mlle R. DU PUGET

SECONDE ÉDITION

PARIS
Librairie de l'Association pour la propagation et la publication des bons Livres
RUE DUPHOT, 25
1859

LA

MAUVAISE HUMEUR

OU

LE TIR A L'OISEAU.

CHAPITRE Ier.

Rien n'empoisonne la vie comme la mauvaise humeur : elle trouble la paix des familles, y répand l'ennui, le chagrin. Puisse le récit suivant faire naître des réflexions salutaires chez ceux de mes jeunes lecteurs qui ont le malheur de se livrer à ce défaut, et empêcher les autres d'en contracter l'habitude !

Alfred était doué des facultés intellectuelles les plus heureuses et d'un extérieur agréable ; mais deux rides profondes défiguraient souvent son front. Quand ces rides ne sont pas le produit de l'âge ou du chagrin, on ne peut guère compter sur la bonne humeur de ceux ou de celles qui en sont pourvus.

Chez Alfred, ces rides, partant du nez et montant vers le crâne, avaient la signification que je viens d'indiquer. Alfred ne manquait de rien ; cependant il n'était jamais content des autres ni de lui : cherchant à se dissimuler cette dernière disposition, il accusait toujours les autres de ses mouvements d'humeur.

Si Alfred était en retard pour ses devoirs d'école, parce qu'au lieu de travailler il avait perdu son temps à jouer au jardin, si le désordre de ses livres et de ses papiers l'impatientait, si une tache d'encre ou de graisse se montrait sur ses habits, à la propreté desquels il tenait beaucoup, tout l'entourage d'Alfred souffrait de son humeur, et l'on disait à la maison : « Qu'il est insupportable aujourd'hui ! C'est toujours à recommencer ! » Et sa sœur Mathilde, jeune fille fort gaie, répondait de temps à autre en riant : « Il ne faut pas l'approcher de trop près, car il nous grifferait. »

Dans le fait, quand ce petit garçon était de mauvaise humeur, on ne savait par quel bout le prendre, et, comme un rien suffisait pour l'irriter, sa vie se passait presque tout entière dans cet état désagréable. Ses parents, remplis de sollicitude pour leurs enfants, ne cessaient de lui faire des représentations; mais la mauvaise humeur ne se corrige que par la *force de bonne volonté* de l'individu qui a eu le malheur de contracter cette fâcheuse habitude. Si Alfred restait toujours le même, le blâme ne pouvait donc en retomber sur ses parents. Cet enfant ne voulait pas convenir de son défaut, ni tenter sérieusement de s'en débarrasser.

Quand Alfred était de bonne humeur, sa sœur et lui s'entendaient à merveille. Cette excellente jeune fille éprouvait la plus grande satisfaction à faire plaisir à son frère ; elle cousait ses cahiers d'écriture, lui fabriquait des balles, l'aidait à coller sa forteresse en carton, lui apportait les plus belles fleurs de son jardin, les premières fraises ; donnait à manger à ses alouettes, à ses rossignols, à ses serins. Mathilde admirait même, pour plaire à son frère, une grenouille verte qu'Alfred conservait dans un bocal de verre afin de connaître le changement de temps, et qui était en grande faveur dans son esprit. Alfred était alors attentif, complaisant, très amical pour sa sœur ; mais cela ne durait guère. Quand on veut se rendre la vie pénible par la mauvaise humeur, on trouve fréquemment l'occasion d'être mécontent.

Alfred n'avait pas un ami véritable à l'école, et ses camarades lui avaient même donné un vilain surnom, en l'appelant *grognon.* Comme il n'ignorait pas cette circonstance, son humeur s'en aigrissait encore davantage. Quand, au sortir de l'école, les autres petits garçons retournaient chez eux en se tenant par le bras, notre Alfred se glissait seul le long des maisons, n'ayant sous le bras que son paquet de livres, avec lesquels il pouvait causer tout à son aise, mais dont naturellement il ne recevait pas de réponse.

Si l'un de ses camarades d'école donnait, avec la permission de ses parents, une petite fête chez lui, presque toute l'école était invitée; Alfred jamais. « Il troublerait notre joie », disait-on avec justice. C'est la raison pour laquelle nous voyons les enfants de mauvaise humeur rester presque toujours à la maison.

Vous devinez, je pense, sans que j'aie besoin de vous le dire, qu'Alfred était fort mécontent de cette exclusion, d'autant plus qu'il aimait beaucoup à s'amuser. Que fallait-il faire pour être invité par ses camarades? *Se corriger.* Mais Alfred, ne s'avouant aucun de ses torts, les rejetait continuellement sur les autres, comme je l'ai fait observer plus haut.

Cependant les exclusions nombreuses qu'il éprouva successivement finirent par lui causer un si grand dépit, qu'il résolut de se venger. Le jour de sa fête arrivant sous peu, il pria ses parents, qui saisissaient toujours cette occasion de lui faire des cadeaux, de les remplacer par un tir à l'oiseau ; ils y consentirent. Son père alla, une semaine auparavant, dans un magasin, où il acheta de charmants objets destinés à servir de prix, et fut ensuite chez un tabletier, auquel il commanda un aigle magnifique, les ailes éployées, et tenant dans ses serres un sceptre et un globe.

Tous les préparatifs du tir à l'oiseau étaient terminés ; mais l'objet principal de la fête, je veux dire les convives, manquaient encore. Alfred, vous le savez, se proposait en donnant cette belle fête de se venger de ses camarades d'école ; il ne pouvait donc pas inviter les petits garçons qui l'avaient exclu de leurs réunions, et, tous lui ayant fait subir cette humiliation, il se trouvait dans la nécessité de les laisser de côté.

Depuis long-temps cependant Alfred parlait beaucoup à l'école de son tir à l'oieau et des belles choses que son père avait achetées pour servir de prix. Mathilde elle-même, disait-il, avait brodé en or et argent un très beau portefeuille en velours destiné au vainqueur. Alfred ajoutait que sa mère donnerait d'excellents gâteaux.

« Je présume, dit-il en terminant sa brillante description, que nous nous amuserons beaucoup le jour de ma fête; de long-temps on ne verra dans la ville un tir à l'oiseau comparable au mien. »

Le jour de fête, ou, pour mieux dire, de vengeance, si impatiemment attendu, approchait et augmentait l'embarras d'Alfred : il ne savait à qui adresser ses invitations. C'est en vain qu'il pria son père de faire une liste des enfants qu'on devait inviter ; c'est en vain qu'il se cassa la tête à chercher qui il pourrait inviter, sans renoncer à ses projets de vengeance et sans devenir un objet de risée pour ses camarades d'école. Enfin il se vit obligé de demander à son père de suspendre les préparatifs de sa fête, ne sachant quels convives inviter.

« Comment ! lui dit son père, parmi tant de camarades d'école, il ne s'en trouve pas douze que tu puisses engager à célébrer ta fête avec toi ? Tu vis donc en inimitié avec tous ?

— Je ne puis pas les inviter, parce qu'ils ont la malhonnêteté de m'exclure de leurs réunions, répondit Alfred, très affligé et en essuyant secrètement une larme. Quand l'école presque entière est priée, continua-t-il, on me laisse à l'écart ; ce ne sont pas d'aussi mauvais camarades que j'inviterai à ma fête !

— Je ne pensais pas que tes relations avec tes condisciples étaient sur un pied aussi fâcheux, répondit M. Wilkens avec beaucoup de gravité ; ce qui t'arrive maintenant devrait te porter à faire un retour sur toi-même. Ta mauvaise humeur est l'unique cause du désagrément que tu éprouves dans ce moment. Tu es peu sociable, la moindre chose t'irrite : il n'est donc pas étonnant de voir tes camarades l'éviter. Cependant, toutes les dispositions sont faites pour le tir à l'oiseau, que tu m'as demandé, et je te conseille de faire le premier pas pour te réconcilier avec ceux dont tu crois avoir à te plaindre. Invite-les amicalement, reçois tes hôtes avec un air ouvert et prévenant, cherche par ton aménité à te mettre bien avec eux. Cet avis m'est dicté par ma tendresse pour toi. »

En achevant ces mots, M. Wilkens sortit, et abandonna Alfred à ses réflexions. Elles furent amères, et bien du temps s'écoula avant qu'il pût se décider à renoncer à ses projets de vengeance, à se montrer prévenant envers ceux qui l'avaient été si peu pour lui. Mais lorsqu'Alfred se représenta le ridicule dont il se couvrirait si son tir à l'oiseau tant vanté se réduisait à rien, il se mit en devoir d'écrire ses lettres d'invitation, et de les adresser à ses ennemis supposés.

Le résultat de cette démarche était facile à prévoir, et le sage M. Wilkens s'en doutait. C'est pourquoi, afin que la leçon fût assez complète et assez sévère pour corriger son fils, il lui avait donné le conseil de ne pas écouter son ressentiment. Les petits garçons invités par Alfred, ne voulant avoir rien de commun avec lui, et ne point contracter l'obligation de l'inviter à leur tour, refusèrent tous de venir chez lui. On aurait dit, en voyant cette unanimité, qu'ils s'étaient entendus à cet effet; cependant il n'en était rien.

Figurez-vous, mes chers amis, les sentiments qu'Alfred dut éprouver, quand le commissionnaire chargé de la distribution de ses lettres les rapporta avec un air ironique. La chose devait en effet lui paraître singulière. Alfred était profondément humilié; il n'osa point, dans le premier moment, aller vers son père pour lui communiquer le résultat blessant de sa démarche. Ce fut la bonne et compatissante Mathilde qu'il prit pour confidente de son chagrin, en la priant d'aller prévenir ses parents de ce qui lui était arrivé, et leur dire en même temps qu'il ne fallait plus songer au tir à l'oiseau.

CHAPITRE II

M. Wilkens ne tarda point à se rendre dans la chambre de son fils. Il avait un air grave, même triste, mais non pas de mauvaise humeur ni en colère.

« Mon cher Alfred, dit-il en tendant la main au pauvre enfant, qui fondait en larmes et tenait sa tête baissée vers la terre, mon cher Alfred, la leçon sévère que tu viens de recevoir te sera-t-elle inutile ? Reconnaîtras-tu enfin combien nous avions raison ta mère et moi, quand nous te reprenions pour ta mauvaise humeur ? Tu seras ta vie entière comme dans ce moment, seul, évité, abandonné de tous, sans personne pour t'aimer, te secourir, t'aider, si tu ne te corriges pas. Ta mauvaise humeur est pour ainsi dire permanente, et te prive de toutes les jouissances de la vie. »

Alfred pleura encore plus fort, et ne répondit pas. Après quelques moments de silence, M. Wilkens continua :

« Je te plains, mon enfant, car je sens tout ce que ton chagrin a d'amer, et donnerais beaucoup pour te l'ôter; mais la chose n'est pas en mon pouvoir : l'affection, l'amitié, la bienveillance, ne s'achètent pas : il faut les conquérir en nourrissant ces mêmes sentiments dans notre cœur. L'expérience ne m'a pas encore montré un homme d'une humeur égale repoussé ou même méconnu des autres hommes. On se presse autour des bons, on recherche leur société, comme les rayons bienfaisants du soleil. »

M. Wilkens s'arrêta encore un moment et reprit :

« Fais maintenant un retour sur toi-même, mon fils. Es-tu bon, amical, indulgent envers les autres? Hélas! non; tous te fuient. Réfléchis à ce que je viens de te dire, non pour t'humilier encore davantage, mais pour te prouver ma tendresse paternelle.

— Oui, papa, vous m'aimez; maman et Mathilde m'aiment aussi, s'écria Alfred en se jetant dans les bras de son père en sanglotant; mais vous êtes les seuls, cette découverte est bien pénible.

— Assurément, mon cher enfant, répondit M. Wilkens en embrassant son fils sur le front; cependant j'espère qu'elle ne sera point perdue pour toi, et te profitera comme tous les malheurs de la vie, quand nous savons en tirer un parti convenable.

— La leçon que j'ai reçue aujourd'hui, papa, ne sera point perdue, dit Alfred en tendant la main à son père, je vous le promets, j'en prends l'engagement avec moi-même.

— Alors, que cette heure de douleur pour mon fils soit bénie, » répliqua M. Wilkens, profondément ému; et il laissa Alfred livré à ses propres réflexions.

Le pauvre enfant ne resta pas longtemps seul, Mathilde vint le trouver.

« Mon cher Alfred, tu pleures bien amèrement; je suis fâchée de te voir aussi affligé, dit-elle en écartant les cheveux humides qui couvraient les joues de son frère. »

Cet intérêt fit un bien infini au petit garçon. Il saisit la main de sa sœur, la pressa tendrement entre les siennes, et dit :

« Mathilde, tu as toujours été bonne et affectueuse pour moi ; ma mauvaise humeur et ma brutalité à ton égard n'ont jamais refroidi ton amitié. Je t'ai fait passer bien des moments pénibles, j'en éprouve beaucoup de regret.

— D'où vient que tu songes à cela ? demanda Mathilde avec suprise. Tranquillise-toi, Alfred ; je t'aime de tout mon cœur, et quand tu as des torts à mon égard, ils sont bien vite oubliés. Je suis forcée de convenir que tu es souvent d'une humeur fâcheuse, mais au fond tu as de la bonté, et cette pensée me rend toute mon affection pour toi.

— Papa et maman sont de même ; ils ne sont pas moins tendres pour moi, quoique je les aie affligés aussi souvent que toi. Mais, excepté mes proches parents tout le monde me fuit, me hait ; on déteste mon humeur et ma grossièreté. Je reconnais la vérité des avertissements de papa, c'est pourquoi je veux me corriger. Alors tu m'aimeras non seulement parce que je suis ton frère, mais parce que je serai bon envers toi et mes semblables.

— Mon cher, mon bon Alfred! s'écria Mathilde en embrassant son frère, mais d'où vient cette résolution si prompte?

— Elle m'est suggérée par le refus de tous mes camarades d'école qui n'ont pas voulu se rendre à mon invitation, reprit Alfred. La leçon est trop frappante pour ne pas me convaincre que j'ai été insupportable. Tu m'aideras, Mathilde, n'est-il pas vrai, à me corriger, en ayant la bonté de m'avertir dès que tu me verras retomber dans ma mauvaise humeur.

— Je n'y manquerai pas, répondit Mathilde; mon plus grand bonheur serait de te voir aimé de tout le monde.

— Je compte sur toi, Mathide, pour me rappeler mes bonnes résolutions aussitôt qu'une trace de mauvaise humeur se montrera dans ma conduite ou sur mes traits.

— Je ne demande pas mieux, Alfred, répliqua Mathilde, à condition que ton humeur n'augmentera pas, comme cela a eu lieu jusqu'ici toutes les fois que je t'avertissais de prendre garde à toi.

— Ne crains rien, ma sœur, c'est moi qui te charge aujourd'hui de cet office.

— Allons, c'est une chose convenue; mais puis-je te donner un bon conseil?

— Tant que tu voudras.

— Tous tes camarades d'école ont refusé de se rendre à ton invitation, reprit Mathilde; plusieurs ont eu peut-être l'intention de te blesser, d'autres ont agi par des motifs que j'ignore. Je te conseille donc de les traiter tous, malgré leur conduite à ton égard, avec prévenance et amitié. Ceux qui ont voulu te faire de la peine seront honteux d'avoir mal agi avec toi, et les autres ne demanderont pas mieux que de devenir tes amis.

— Je te remercie de cet avis, répondit Alfred; il est excellent. Oui, ils seront honteux de leurs procédés à mon égard, et moi je leur pardonnerai de tout mon cœur, en faisant tous mes efforts pour conquérir leur amitié. »

CHAPITRE III.

La leçon sévère qu'il avait reçue rendit Alfred vigilant sur lui-même, et il se corrigea véritablement de jour en jour. Mathilde lui tint parole; toutes les fois que le moindre froncement de sourcil venait altérer le visage de son frère, elle l'en prévenait, et Alfred avait le bon sens de reconnaître aussitôt ses torts.

M. et madame Wilkens voyaient avec une bien grande satisfaction les efforts de leur fils pour vaincre le fâcheux défaut qu'il avait contracté; l'union qui régnait entre Alfred et sa sœur était aussi bien douce pour eux. Mathilde, un peu portée à la vanité, avait prié son frère de l'avertir quand elle s'y abandonnerait; ainsi, toutes les fois que Mathilde se plaçait devant une glace, en présence de son frère, et s'y regardait avec une complaisance visible, Alfred avait soin de lui représenter qu'elle avait tort, et Mathilde se retirait, les joues couvertes de rougeur.

En suivant cette méthode, ils ne tardèrent point, tous les deux, à se corriger de leurs défauts. Alfred eut le bon esprit de se conduire avec ses camarades d'école comme Mathilde le lui avait conseillé. Ceux-ci furent très étonnés de ce qu'au lieu de montrer un redoublement de mauvaise humeur, Alfred était doux, amical et complaisant envers eux. Ils ignoraient la cause de ce changement, cependant ils commencèrent à se repentir de leur conduite envers lui le jour du tir à l'oiseau; et plusieurs n'auraient pas mieux demandé que d'aller chez Alfred, s'il les avait de nouveau invités. Quant à ce dernier, par des raisons faciles à comprendre, il ne dit pas une parole ayant trait à cette circonstance.

Trois mois s'étaient à peine écoulés depuis la fête manquée, dont l'influence avait été si grande sur Alfred, que déjà ses relations avec ses camarades avaient subi un changement si heureux, qu'ils recherchaient sa société avec autant d'ardeur qu'ils en mettaient autrefois à l'éviter. Le premier d'entre eux qui réunit ses amis chez lui invita Alfred ; il accepta gaiement, et se conduisit d'une manière si aimable, que les parents de ses camarades ne pouvaient concevoir la répugnance manifestée à son sujet par leurs enfants.

Alfred ne fut plus exclu des réunions d'aucun de ses camarades ; sa gaieté augmenta à proportion de l'attachement qu'on lui témoignait.

L'année suivante, quand vint le jour de la fête d'Alfred, le tir à l'oiseau eut lieu, et le commissionnaire rapporta fort peu de lettres d'invitation. Ceux qui ne purent accepter manifestèrent beaucoup de regrets, mais aucun ne refusa avec l'intention de faire de la peine à Alfred.

La fête fut si gaie que le souvenir en resta longtemps dans tous les esprits. Ce jour-là, Alfred se lia d'amitié avec Eugène ; elle n'a jamais éprouvé d'altération. Je n'ai pas besoïn d'ajouter que Mathilde est devenue une excellente jeune personne ; il ne pouvait en être autrement d'après ce que nous avons vu d'elle.

249 — Paris, imprimerie de Ch. Jouaust, rue S.-Honoré, 338.

BIBLIOTHÈQUE DU PUGET IN-16

LES EDDAS, traduites de l'ancien idiome scandinave. 1 vol.

LES ŒUVRES DE TEGNÉR, traduites du suédois. 1 vol.

HISTOIRE DE GUSTAF II ADOLPHE, par A. FRYXELL, traduite du suédois. 2e édition. 1 vol. . . . . 3 fr. 50

S. M. le roi de Suède et de Norvége (Charles XIV) a daigné envoyer la grande médaille d'or à mademoiselle Du Puget pour la traduction de ces trois ouvrages.

FLEURS SCANDINAVES, choix de poésies traduites du suédois et dédiées à S. A. R. la princesse de Suède et de Norvége. Édition de luxe, avec portrait et lithographies à trois teintes. 1 vol. in-8. . . 7 fr. 50

— DEUXIÈME ÉDITION in-16, sans portrait ni lithographies . . 3 fr. 50

ŒUVRES DE MADEMOISELLE BREMER, traduites du suédois : LES VOISINS, 3e édition. 1 vol., 3 fr. 50. — LE FOYER DOMESTIQUE, 2e édition. 1 vol., 3 fr. 50. — LES FILLES DU PRÉSIDENT, 2e édition. 1 vol., 3 fr. — LA FAMILLE H., 2e édition. 1 vol., 3 fr. — UN JOURNAL. 1 vol., 3 fr. — LE VOYAGE DE LA SAINT-JEAN. 1 vol., 1 fr. 50. — GUERRE ET PAIX. 1 volume, 1 fr. 50. — LA VIE DE FAMILLE DANS LE NOUVEAU MONDE. 3 volumes, chaque, 3 fr. 50.

LES COUSINS, roman, par Mme la baronne DE KNORING, traduite du suédois. 2e édition. 1 volume. . . . . 3 fr. 50

L'ARGENT ET LE TRAVAIL, roman, par l'oncle ADAM, traduit du suédois. 1 vol. . . . . 3 fr. 50

LA SUÈDE, depuis son origine jusqu'à nos jours, par C. A. AGARDH, membre de l'Académie des sciences suédoises ; traduit du suédois. 1 volume. . . . . 2 fr. 50

PETITS CONTES POUR LES ENFANTS DE TROIS A SEPT ANS. Une livraison par semaine ; chaque livraison est illustrée et forme un tout complet. — Prix de l'abonnement, à Paris. Trois mois, 75 c. — Départements : Un franc pour trois mois.

CONTES POUR LES ENFANTS AU-DESSUS DE SEPT ANS, avec vignettes. Prix très-modéré et varié suivant le plus ou le moins d'étendue du conte. Plusieurs ont paru ; ils sont à la 2e édition.

LA BONNE ANNÉE DES ENFANTS. 1 vol. . . . . 2 fr.

Tous les ouvrages de mademoiselle DU PUGET se trouvent à la LIBRAIRIE DE L'ASSOCIATION POUR LA PROPAGATION ET LA PUBLICATION DES BONS LIVRES rue de Sèze, 13, à Paris.

Toutes les valeurs devront être à l'ordre de madem[illegible], rue de Sèze, 13.

On ne reçoit que les lettres affranchies.

PARIS. — IMPRIMERIE SIMON RAÇON ET COMP., RUE D'ERFURTH, 1.

www.ingramcontent.com/pod-product-compliance
Ingram Content Group UK Ltd.
Pitfield, Milton Keynes, MK11 3LW, UK
UKHW012128240726
13965UKWH00005B/2039

9 782013 538886